语文教材选篇作家作品
深度阅读系列

国际儿童读物联盟（IBBY）原主席
张明舟 / 主编

任 / 溶 / 溶 / 译 / 作 / 精 / 选

一本讲书的书

［苏］马尔夏克 著
任溶溶 译

浙江教育出版社 · 杭州

图书在版编目（CIP）数据

一本讲书的书 /（苏）马尔夏克著；任溶溶译．—
杭州：浙江教育出版社，2023.3
（语文教材选篇作家作品深度阅读系列 / 张明舟主
编．任溶溶译作精选）
ISBN 978-7-5722-4578-7

Ⅰ．①一… Ⅱ．①马… ②任… Ⅲ．①童话—作品集
—苏联 Ⅳ．① I512.88

中国版本图书馆 CIP 数据核字（2022）第 200389 号

责任编辑 董安涛　　**责任校对** 陈阿倩
美术编辑 曾国兴　　**责任印务** 曹雨辰
封面插画 与　喵　　**内文插图** 谢梦斯
特约策划 甜橙树工作室　　**装帧设计** 乐读文化

语文教材选篇作家作品深度阅读系列
任溶溶译作精选　一本讲书的书
RENRONGRONG YIZUO JINGXUAN　YIBEN JIANGSHU DE SHU
张明舟　主编　［苏］马尔夏克　著　任溶溶　译

出版发行 浙江教育出版社
（杭州市天目山路 40 号　电话：0571-85170300-80928）
激光照排 杭州乐读文化创意有限公司
印　　刷 浙江新华印刷技术有限公司
开　　本 890mm × 1240mm　1/32
印　　张 5.25
字　　数 105 000
版　　次 2023 年 3 月第 1 版
印　　次 2023 年 3 月第 1 次印刷
标准书号 ISBN 978-7-5722-4578-7
定　　价 32.00 元

主编的话

阅读是有力量的

阅读是有力量的，特别是课外阅读。这一点我有切身体会。44 年前，我还是黑龙江省一个偏远小山村里的一名 9 岁学童。一个偶然的机会，我用捡拾垃圾换来的 2 角 8 分钱，买到了一本故事书——《小种子旅行记》。这本书讲述了一粒小种子立志到地角天边旅行的故事。书中描绘的大好河山和扣人心弦的故事情节深深地吸引了我，正是从这本书开始，我对阅读产生了浓厚的兴趣。由于条件所限，除了经常要到学期结束才能拿到手的语文课本，那时候我能找到的书很少很少。于是我尝试着阅读糊在泥墙上的旧报纸，不懂的地方就问爸爸、哥哥，因此认识了不少字，也了解了小山村外的许多新鲜事物。我对走出小山村，到地角天边去看看的愿望越来越强烈，学习的动力也越来越足。后来，哥哥给我买了《成语词典》等书籍，我被先贤们的外交智慧所折服，悄悄萌生了长大后做外交官的梦想。后来我才意识到，大量的阅读已经使我拥有了强大的自学能力，我越来越发现课外阅读是对课内学习的重要补充，甚至很大程度上弥补了乡村学校教学条件和教师教学水平的不足。一直在小山村读书，缺乏自信心的我，竟然以全县第一名的成绩考入高中，后来又以优异的成绩考入上海外国语大学，毕业后被外交部录用，成了一名职业外交官。2002 年开始，我积极参与国际儿童读物联盟（IBBY）工作，支持该国际组织在世界各地的公益项目，并推动其与其他国际组织建立合作关系。2018 年，我当选该国际组织主席，成为改革开放以来为数不多的在国际组织担任最高领导人的中国人。在与各国同行交流的过程中，我发现很多人都是因为少年儿童时期的阅读，而养成了良好的阅读和学习习惯并受益终身。

优秀的儿童读物应是既有趣又有营养的。有效率的阅读，更应该是精读和泛读的结合。统编语文教材在知识点的准确性上，特别是在语言和文学两方面综合评估上，对每一篇入选文章都进行了反复考证，体现了编写团队的专业水平和集体智慧。这套“语文教材选篇作家作品深度阅读系列”的每一位作者，都是统编语文教材的选篇作家。翻开孩子们每天相伴的语文课本，就能找到他们的名字。这些作家的作品，囊括了小说、散文、童话、诗歌、科普文章等各种文学体裁。

入选教材的作品都是精品中的精品，然而受课本容量所限，有些文章在收入教材时，篇幅不得不做了删减，在这套书里读者可以找到原作全文；有些课文，其实是系列作品的局部，在这套书里可以找到它的上下文和前后故事；还有些课文，作者著有多篇同体裁、同类型的作品，可以作为课外拓展阅读。学生通过对语文课文的精读，和对语文教材选篇作家系列作品的泛读——对照阅读、大量阅读，既可以更深入地理解课文内容，又可以感受其作品的独特魅力，培养更加敏锐的感受力和表达能力。

当然，除了学生自主阅读，这套书还可以和语文课堂教学配合使用。教师在讲解某一篇课文时，这套书可以作为“资料库”，丰富和拓展课堂教学内容。

让孩子们在课堂上和学习之余，在合适的时间与合适的图书相遇，引导他们从阅读中收获无穷乐趣、吸收无限养分，学会阅读，爱上阅读，成为终身的阅读者和学习者，是这套“语文教材选篇作家作品深度阅读系列”的出版目的，也是出版社和数十位教材选篇作家的共同心愿。

张明舟

2021 年 11 月 30 日于北京

目录

一本讲书的书

1

从前
有个娃娃，
名字
叫格利沙。
他的书本
破又碎，
又卷又脏
又驼背，
没头没尾，
残缺不全，

封底封面，
活像海绵。
每一页上
鬼画符。
怎教书本
不痛哭。

2

一回小格利沙，
拿书打小米沙，
在他头上来一下，
一本书就分了家。

3

果戈理他大发牢骚，
说年轻时他很时髦，
可是过了这些年，
衣服破成一片片。

鲁滨孙他实在苦恼，
硬封面上皮被剥掉。
克雷洛夫缺几张。
皱巴巴的文法课本，

画着一个清洁工人，
就在三十五页上。

还有地理课本上头，
画了一头肥大母牛，
外加两句："注意了，
这一本书是我的！
要是有人胆敢拿走，
保险就要没鼻没手！"

4

这些书本开会商量，
怎样摆脱这小魔王。

格林兄弟先开口：
"这么办吧，快逃走！"

破的算术课本，
这个倒运的"人"，
嗯嗯啊啊说：
"不管男孩女孩，
跟书都是对头，
还往哪里逃走？

反正没法活！”

格林兄弟反驳：
“住口，你这老家伙，
不要再啰唆，
惹得人发火！
咱们上图书馆。
上那儿去避难。
那儿不让人
欺负咱书本！”

《汤姆叔叔的小屋》
回答他们：“不不不。
我也生他的气，
离家可不愿意！”

铁木儿[①]说：“走走走！
你忍耐得过了头！”

“前进！”堂吉诃德叫一声。

---

① 苏联作家盖达尔（1904—1941）创作的儿童小说《铁木儿和他的队伍》中的主人公。

大伙于是就起程。

5

这群没有家的伤兵，
走进图书馆的大厅。
桌子上面灯火亮，
玻璃书柜闪着光。

书本包着黑皮封面，
一顺儿地列在墙边，
好像观众坐包厢，
打从高处往下望。

猛一下子
算术课本
脸色发青，
咿咿嗯嗯：
“三七那是
二十一。
三九那是
二十七！”

地理课本吓得发抖，

急急忙忙退回门口。
可是正在这时候
看门的人往里走。

他们走进各阅览厅，
把地扫得干干净净，
他们收拾各书架，
所有书皮都擦擦。

他们到处全给扫好，
来到墙角那儿一瞧：
衣架底下都是书，
破得简直说不出——

没头没尾，残缺不全，
封底封面，活像海绵，
每一页上鬼画符……
叫老妈妈看得哭：

“你们这些没家的书，
受尽孩子们的欺负！
我们马上请大夫，
请来那位米叔叔。

他一定会可怜你们——
你们这些受苦的‘人’，
会把你们缝又补，
还给穿上新衣服！”

6

图书馆图书的歌：
受伤的书本们，
没家的书本们，
图书馆大得很，
快来吧，你们！

破烂的书本们，
流浪的伙伴们，

这里会给你们
用纸缝衬衫；

这里会给大家
用布缝上装，
治好病还要发
居住证一张。

受伤的书本们，
没家的书本们，
图书馆大得很，
快来吧，你们！

7

一本本书出了“医院”，
每一页都贴补完全，
书脊书皮全修好，
上面贴上小签条。

在大厅的各个书架，
各人有了自己的家。

算术书在一百排，

算术书都在一块。

铁木儿和他的队伍
在二百号书架上住。

总之每本旧的书，
如今有了新住处。

8

小格利沙这回就苦了：
晚上回家要做算术，
算术书他找不到。
于是他就到处瞧：
他一直往床底下爬，
爬到桌子凳子底下，
炉里桶里都看过，
还爬进过小狗窝。

小格利沙十分苦恼，
可算术书总找不到。
你说稀奇不稀奇：
课本能够上哪里？
看来不是投进了河，

就是逃进图书馆了？

9

据说这个傻小孩，
跑到阅览室里来，
他问一位严厉姑姑：
“你们这儿借不借书？”
全室的书大声喊：
“你这家伙快滚蛋！”

作者的话

我这首诗薄薄一册，
多年以前就写下，
最近正好我碰到了
诗中那位格利沙。

他成了个大工程师，
不再是个小不点。
他有了个聪明儿子，
红领巾都挂胸前。

我上他的家里去玩，

看见有个大书橱，
在这玻璃书橱里面，
摆着五十四卷书。

两本斯克伏卓夫的文集，
排成整齐的行列，
全都穿着新的上衣，
好像要去受检阅。

它们过得非常愉快：
主人非常爱护书。
它们永远不会离开，
永远不会上别处！

好朋友，好同学

这是早春时候，
天气十分好。
咱们两个朋友，
放学一起跑。

咱们敞开衣衫，
皮帽歪着戴，
今天才第一天，
开始暖起来。

我们见路就走，
目的地没有，
向前，向左，向右，
有时还回头。

一会走回头道，
一会把圈绕，
一会蹦蹦跳跳，
一会又跑跑。

你我我你两人，
走得真痛快，
看看已是黄昏，
于是回家来。

我们快活分手——
干吗要难过？
明天又要碰头，
想着就快活！

巨人

一，二，三，四，
一，二，三，四。
我来讲件稀奇事：
我们公寓一一三室，
有个巨人大力士。

他一下就把城盖好，
把塔修在桌子上。
你往他的桌下瞧瞧：
又是马呀又是象。

拿下架上那长颈鹿，
巨人只用一只手。
拿出抽屉里的毛驴，
巨人只用俩指头。

他的力气可不得了，
能把火车拉着走。
他把整整一列火车，
从家拉到大门口。

春天到处是大水坑，
巨人就去当海军。
天下舰长谁最年轻？
当然就是这巨人。

他穿一套海军服装，
上面船锚亮晶晶。
他把船只拖过大洋：
巡洋舰和鱼雷艇。

他把一艘一艘巨轮，
拖过大洋跟大海。
咱们这位可爱的巨人，
一年一年大起来！

大口袋

相片上面那小孩，
我早就认识他。
他围裙上那口袋，
你看有多么大。

不管什么到他手，
他都塞到那里头。

这个口袋每分钟
都在不停长个头。
里面龙头、螺丝钉
整天乒乒乓乓。

托儿所中饭时候，
给他煎饼两张：
一张涂的酸奶油，
一张涂的果酱。

一张煎饼他吃下，
一张煎饼带回家。

他把煎饼给折好，
就跟折信一样，
然后两旁瞧了瞧，
往大口袋里装。

这小家伙连牛奶
也想带回家里，
可是牛奶装口袋，
就没那么容易！

牛奶都往外面洒，
洒到地板上去。
只见牛奶哗哗哗
像下雪白的雨。

口袋不是玻璃瓶，
可惜，可惜得要命！

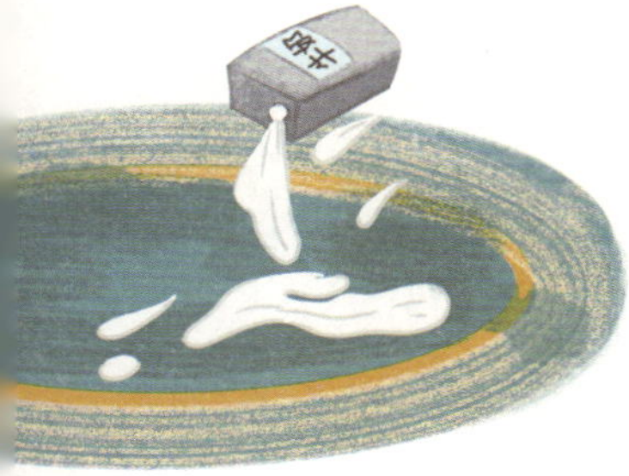

午睡过后去溜达，
大伙走了只剩他。

他醒过来到处瞧，
鞋子少了一只……

光着只脚到处找。
口袋里的不是？

这个口袋变了样——
不是口袋是“皮箱”。

“皮箱”被塞得胀鼓鼓，
东西露出多少？
有小狗熊、长颈鹿，
破匙羹和小刀，

还有一个泥牛头，
还有木马的腿，
还有一只摇头狗，
还有一个奶嘴。

一个铜鼓找不到，
红的，一道一道。
大家伙儿满屋找，
哪儿都没找着。

阿姨看见小家伙，
口袋鼓得厉害……

“这个铜鼓难道说
进了你的口袋？”

阿姨的话说得对，
可是铜鼓不会飞！

铜鼓可也不客气：
撑得口袋裂开。
口袋不是橡皮的，
是个帆布口袋！

不倒娃小凡卡

小小牛睡觉啦，
小小鸡睡觉啦，
喜鹊的小窝里，
静啊静悄悄。
就是这小凡卡，
外号叫“不倒娃”，
可从来也不肯
好好地睡觉。

照顾这“不倒娃”
真叫人累坏啦，
你让他爬上床
好好地躺下，
转眼间“不倒娃”
一骨碌站起来，
再躺下，再站起，
拿他没办法。

你拿张小棉被
往他的身上盖，

他睡着一下子
就把它甩掉，
照旧在小床上
直挺挺站起来，
在床上就这样
站一个通宵。

从儿童医院里
来了位好大夫，
很仔细看过了
“不倒娃”的病。
他说道：“小宝宝，
你不睡有缘故，
都只为这一点：
你脑袋太轻！”

静悄悄的故事

念我这个故事，
请悄悄地、悄悄地……
话说从前有两口子——
这是刺猬夫妻。

灰刺猬静悄悄的，
他太太也一样。
生下个小宝宝呢，
也爱不声不响。

这一对刺猬夫妻，
带了刺猬宝宝，
在一个秋天夜里
到路上去跑跑。

沿着静静的小路，
轻轻地一步步：笃笃笃。

林中居民早在做梦。
鸟兽早已睡去。

可是夜静更深，在黑暗中
两只狼没休息。

他们俩脚步放轻，
进林子偷东西……
刺猬夫妻一听见声音，
马上把刺竖起。

他们变成两个圆球，
没脑袋也没腿。
他们对孩子说：“藏起头，
缩起身子吧，小宝贝！”

小刺猬把身子一蜷，
把千百根刺竖高……
狼在他旁边团团转，
呜呜叫，蹦蹦跳。

他伸出爪子去碰碰，嗒嗒牙，
想咬，可是不敢。
他瘸着腿走开啦，
他老婆来接他的班。

她转转这小刺猬——
是个滚圆的背。
耳朵、脖子、肚子、鼻子
在什么地方呢？

她用脚那么一推，
小球就往前滚。
这时两只老刺猬
过来刺她脚跟。

这两只刺猬的刺
跟枞树针一样。
两只狼疼得要死，
叫着退到一旁。

刺猬夫妻轻轻讲：
“孩子，躺着别动。
我们不相信狼，
你别当他放松。”

狼本来不会这么快
就回他们的家，
可是远远传过来

两下枪声："叭叭。"

狗叫了一阵，停了……
狼对他老婆说：
"喂，把鼻子和尾巴
缩进肚子吧，老太婆！"

老婆反口骂他：
"废话不说也罢！
咱们两个身上，
一根刺也没有。
管林子的要活捉咱俩……
还是趁早逃走！"

两只恶狼夹着尾巴，
逃到矮林子里去啦。

于是刺猬夫妻跟儿子
回到林子家里。
自然，要是你念我这故事
请悄悄地、悄悄地……

笨耗子的故事

耗子妈妈哄她宝宝：
“吱吱吱吱，你快睡觉！
给你面包皮咬咬，
给你蜡烛头嚼嚼。”

可小耗子他回答道：
“你的嗓子又细又小。
妈呀，你别吱吱叫，
还是去把保姆找！”

耗子妈妈到处跑，
去求一只鸭子道：
“请上我家，鸭子大婶，
把我孩子给摇摇。”

鸭子给小耗子唱道：
“嘎嘎嘎嘎，睡吧宝宝！
下过雨我园里跑，
小虫给你找一条。”

笨耗子他老没睡着，
迷迷糊糊对她说道：
“你的嗓子不大好，
声音大得不得了！”

耗子妈妈到处跑，
去求一只青蛙道：
“请上我家，青蛙大婶，
把我孩子给摇摇。”

青蛙一本正经唱道：
“呱呱呱呱，哭多不好！
睡吧，睡到大清早，
给你蚊子吃个饱。”

笨耗子他老没睡着，
迷迷糊糊对她说道：
“你的嗓子不大好，
唱起歌来太单调！”

耗子妈妈到处跑，
去求一匹母马道：
“请上我家，马大婶，

把我孩子给摇摇。”

母马给小耗子唱道：
“伊嗬嗬嗬，乖乖睡觉，
身子朝里睡睡好，
麦子给你一大包。”

笨耗子他老没睡着，
迷迷糊糊对她说道：
“你的嗓子不大好，
吓得我的心直跳！”

耗子妈妈到处跑，
去求一只母猪道：
“请上我家，猪大婶，
把我孩子给摇摇。”

母猪哑着嗓子喊叫，
哄那不听话的宝宝：
“儿儿儿儿，快睡觉，
胡萝卜你要不要？”

笨耗子他老没睡着，

迷迷糊糊对她说道：
“你的嗓子不大好，
声音凶得不得了！”

耗子妈妈真苦恼，
只好去把母鸡找。
“请上我家，鸡大婶，
把我孩子给摇摇。”

母鸡给小耗子唱道：
“咯咯咯咯，别怕，宝宝！
我用翅膀把你抱，
这儿暖和静悄悄。”

笨耗子他老没睡着，
迷迷糊糊对她说道：
“你的嗓子不大好。
反倒害我睡不着！”

耗子妈妈到处跑，
去找一条鱼儿道：
“请上我家，鱼大婶，
把我孩子给摇摇。”

鱼儿就给小耗子唱道——
可是一声也听不到：
鱼嘴张得可热闹，
唱什么呢？不知道……

笨耗子他老没睡着，
迷迷糊糊对她说道：
“你的嗓子不大好。
实在轻得受不了！”

耗子妈妈到处跑，
最后去求一只猫：
“请上我家，猫大婶，
把我孩子给摇摇。”

猫就给小耗子唱道：
“喵喵喵喵，睡吧宝宝！
喵喵，上床快睡好，
喵喵，好好睡一觉。”

笨耗子他快要睡着，
迷迷糊糊对她说道：
“你的嗓子真正好。
声音甜得不得了！”

* * *

耗子妈妈到处跑，
跑回家来床上瞧，
可不见了笨耗子，
到处找也找不着……

聪明耗子的故事

猫捉到了一只耗子，
亲热地说："别怕，小子。
来玩上一两小时，
来玩个'猫捉耗子'！"

别提耗子多么害怕，
硬着头皮只好回答：
"我的妈妈关照了，
'猫捉耗子'玩不得。"

猫对他说："喵呜喵呜，
朋友，就玩一会儿工夫。"
小耗子只好答应：
"我实在是不高兴，
不高兴也得陪你玩，
可是猫得由我来扮。
猫哇，你来扮耗子，
好歹请你扮一次！"

猫笑起来对耗子说：

“哈哈，你这灰毛家伙，
随你扮什么都好，
耗子总不能做猫。”

耗子于是对那猫讲：
“那么咱俩玩‘捉迷藏’！
你把眼睛蒙一蒙，
然后再来把我抓。”

猫用布条蒙住眼睛，
布条底下他看得清。
他让耗子先逃开，
接着一把抓回来！

耗子告诉狡猾的猫：
“要我再跑，我受不了，
请你好心发慈悲，
让我躺下歇一回。”

猫回答说：“很好很好，
短腿鬼呀，歇歇再跑，
再跑一回我就要
把你——‘啊呜’——一口吃掉！”

耗子难受，大猫高兴。
栅栏上面有一道缝。
耗子看见马上钻，
他一转眼就不见！

猫找耗子，左瞧右瞧：
“耗子，在哪儿啊，喵喵？”
耗子远远对他讲：
“不在刚才那地方！”

耗子连忙往坡下冲，
看见下面有个小洞。
洞里住的黄鼠狼，
身子长得细又长。

黄鼠狼他眼尖牙利，
偷东西可数第一，
每天他要进村子，
偷上好几只小鸡。

他正好偷了东西回家，
问客人说：“你是谁呀？
既然进了我的家，

咱俩就来玩一下！”

聪明耗子问黄鼠狼：
“玩‘猫捉耗子’还是‘捉迷藏’？”
“不，‘捉迷藏’我不玩，
‘抢壁角’我最喜欢。”

“好吧，玩‘抢壁角’也行，
咱们先来点一点名：
你是野兽，
我也是；
你——黄鼠狼，
我——耗子；
你不笨，
我聪明。
现在来看
哪个行？”

黄鼠狼叫：“你等一下！”
马上就扑过来追他。
耗子向森林直奔，
钻进一个老树墩。

树上松鼠对耗子叫：
“玩‘拍背捉人’好不好？”
耗子答道：“不高兴，
我的背已经够疼。”

这时来了一只野兽，
比猫可怕，长得很丑，
有个刷子似的背。
原来是只雄刺猬。

他的妻子在后面跟，
像个裁缝，有许多针。
雄刺猬对耗子叫：
“这回你可跑不了！
那边一位是我妻子，
你俩可以玩场‘碰人’游戏，
我倒爱玩‘跳背’游戏，
快出来吧，等着你！”

耗子听了马上决定，
一走出去准得送命。
“你的背我不要跳，
掉在针上受不了！”

刺猬夫妻等了好久，
可是耗子早已溜走，
穿过林间的小道，
一转眼就不见了！

他一跑到林子边上，
听见青蛙呱呱地嚷：
“救命！糟糕！呱呱呱！
猫头鹰她飞来啦！”

耗子抬起头来一瞧，
天上飞的不知是猫是鸟，
尖嘴巴好像一个钩，
竖起的毛黑黝黝。

两眼灯泡似的发出光，
比猫眼睛还大一倍。
耗子气都不敢透，
忙往牛蒡底下溜。

猫头鹰啊，越飞越近，
猫头鹰啊，越追越紧，
在静静的夜里喊：

“朋友，快来跟我玩！”

“玩‘捉迷藏’吧！”耗子说，
说完头也不回就躲。
他往草丛里面跑，
猫头鹰就找不着。

猫头鹰她找到天明，
直到两眼再看不清。
老家伙在树上蹲，
两只眼睛瞪啊瞪。

耗子不用水和肥皂，
把他那张小脸洗好，
于是去找他的家，
去找爸爸和妈妈。

他走哇走，
走上小山，
看见有个洞在下边。

耗子妈妈呵呵笑，
把她孩子紧紧抱！

兄弟姐妹乐得要死，
都来玩“耗子捉耗子”。

小狗熊学规矩

大家花了五年六年
教小狗熊学点规矩：

“到别人家，别说粗话；
讲话不要喉咙放大；
看见熟人可得鞠躬；
头上帽子必须摘掉；
千万别踩人家的脚；
别用牙齿去咬跳蚤；
不要手脚爬着走道。

吃东西别吧嗒吧嗒，
也不要打哈欠，
实在要打就把嘴巴
用手捂住一点。

你要听话，要有礼貌，
路上要给人家让道，
还要尊敬老人，
遇到大雾，或者结冰，

要把狗熊奶奶、公公
一直送进大门。”

大家花了五年六年
教小狗熊学点规矩……

他表面上礼貌都懂，
可实际上还是狗熊。
看见隔壁狗熊、狐狸，
他马上就鞠躬行礼，
看见熟人他也让道，
还把头上帽子摘掉，

可是碰到陌生的人，
踩得人家咬紧牙根。

什么闲事他都瞧瞧，
捣毁麦子，踩坏青草。

每次他去坐电车，
突出肚子硬钻，
看见老人就说：
“把你骨头打断！”

大家花了五年六年
教小狗熊学点规矩。
可是谁都可以看见，
老师白白花了时间！

彼加怕一些什么

有个彼加非常怕黑，
晚上问他妈妈说：
“妈，能不能开着灯睡，
让灯通夜都亮着？”

妈妈说道：“那可不行！”
咔嗒一下关了灯。

屋子里面又黑又静。
窗外吹进来凉风。

彼加看见黑暗里面，
有一个人靠着墙。
到第二天天亮一看——
这是裤子和上装。

上装袖子一动一动，
好像双手摇摇摆摆；
夜里吹来一阵阵风，
两条裤腿像在舞蹈。

彼加看见黑暗里面，
有鬼走进他的房。
到第二天天亮一看——
是火炉和拨火棒。

是个火炉，
不是鬼，
是拨火棒，
不是腿！

彼加看见黑暗里面，
有个巨人对他望。
到第二天天亮一看——
原来是个旧皮箱。

爸爸把这一个皮箱，
高高放在柜顶上。
它的两把锁迎着月光，
就像眼珠闪闪亮。

孩子他们碰见彼加，
每回都说这样的话：

“彼加胆子真正小，
看见裤子心都跳！
看见发锈拨火棒，
说是有鬼进他房！”

彼加听见大伙笑他，
马上就给大伙回答：
“我再不是胆小鬼。
现在我再不怕黑！”

从此彼加晚上睡觉，
总要先把电灯关掉，
见到火炉跟皮箱，
再也不会心发慌。

各位读者也请不要
晚上开着电灯睡觉。
晚上想要做好梦，
根本不用开着灯！

静神爷爷

梦神钻过窄窄的缝，
悄悄儿地钻到房中。
美梦带来许许多，
每人都能分一个。

他让我们看到童话，
不，不是人人能看见，
把眼闭得紧一些吧，
好，美梦马上就出现！

可是碰到吵闹家伙，
梦神他也没办法，
得请他的静神哥哥，
来让这种人躺下。

睡吧，别吵，小宝贝，
看静神来对付你！

＊ ＊ ＊

街上路人没有一个，
静神把手扬啊扬，
他把街两头的电车
全都赶进停车场。

“现在应该去睡觉，
明儿出场起个早！”

所有电车哈欠不绝，
赶紧回停车场过夜……

* * *

只要哪儿有吵声，
就来严厉的静神。
晚上有人吵不停，
静神就让他安静。

他在城市，也在乡间。
他在高大轮船里。
在长长的列车里面，
他让大家快休息。

夜里在很暗的车厢，
可以找到静神。
碰到孩子吵吵嚷嚷，
静神就让他安静。

静神一家一家访问，
这会儿他到了空中，
在飞机里飞：
坐飞机的旅客，
夜里也得睡。

在安静的飞机当中，
在暗灯的蓝光里，
人们穿过满天云层，
在天空中呼呼睡。

* * *

深夜，
电话丁零零响，
有人跟那静神在讲：
“请您来吧，好静神。
就在我们这条胡同，

有个孩子吵得要命，
他的名字叫安东。

他每晚不肯上床，
不肯好好地睡觉，
哇哇地嚷，
隆隆地响，
吵得别人睡不着。

大家求他：‘别吵了，小宝贝，
看静神来对付你！’

这个吵闹孩子说啦：
‘什么静神，我可不怕。
倒看谁的本领大：
是他胜我，还是我胜他！’”

＊ ＊ ＊

世界上谁都要睡觉，
每一个人，不管老少，
燕子和象不睡也不行，
不肯睡的就安东。

他根本就不肯上床，
忽然有人到他身旁，
低声说道："喂，小鬼，
怎么还不上床睡？"

不肯安静的这家伙，
眼都睁不开了，却说：
"因为我不爱睡觉，
所以我就不睡觉！"

静神（当然是静神）
对他冷冷笑一声，
举起一个指头吓他：
"盖上被子，赶快躺下。
再不躺下来呀，哼，
就会变成'不倒翁'！

大家知道这种玩具，
从来不肯躺倒下去。
你刚把他给按倒，
他一下子又站好。"

"那有什么！"这小家伙，

不肯安静，喃喃地说，
“直挺挺地站通宵，
我倒觉得十分好！”

好，他就变成“不倒翁”，
身子滚圆，脸颊通红，
他的下身重又重，
可是脑袋很轻，
站在那里像哨兵，
夜里守卫兵营。

他一整夜站在那里，
听着别人均匀呼吸，
听到钟声嘀嗒响，
狗在窗外汪汪汪。

这倒霉鬼困得够呛。
“哎呀，我要躺下。”他想。
可他要躺躺不倒，
一转眼间又站好。

他无聊得把歌儿哼，
他乏味地拿起书本，

可是扑通一声响，
书落到了地板上。

那点灯光实在太暗，
请问书本怎么能看……

他开始把指头数：
“一，二，三，四，五……”
可他老是数错数目，
因为困得糊里糊涂。

忽然响起了钟声，
马上又来了梦神。

他悄悄地溜进房间，
弯身站在小床旁边，
把一根线拿在手，
线上有个蓝色小气球。

说是气球却又不像，
倒像盏灯，闪闪发光。
蓝色的光闪闪亮，
他很轻地把话讲：

"一,二,三,四,
你们这里,谁还不睡?
世界上谁能不睡呀?
不睡觉的出去吧!"

那灯一下子就熄掉,
灯上的门都打开,
猛地飞出无数小鸟——
一群灰雀冲出来。

小鸟在孩子的头上,
噼噼啪啪拍着翅膀。
安东轻轻恳求道:
"梦神,给我一只鸟!"

"不行啊,孩子,这一只鸟,
咱们只能梦里看到。
你早应该睡着……
做美梦吧,小宝宝!"

* * *

林中洒着明朗月色,

小道上走着静神。
林中也有一些家伙，
一点儿不肯安静。

那里沙沙响着树叶，
林子已经在梦中，
白眉毛的静神爷爷，
走过林中的树丛。

他警告那小小山雀，
对鸟窝的小鸟说：
“可不要在这种月夜，
离开你们那个窝——”

因为夜里常有这事，
小鸟很容易碰到：
一下落进猛禽爪子，
像猫头鹰这类鸟……

* * *

别说夜里，
梦神不能没静神，

就是白天，
没有静神也不成。

请问学校怎么回事？
难道没有一位老师？

一年级里闹翻天，
闹了一个多钟点。

先是值日生米沙叫：
“喂，同学们……你们别吵！”

“别吵！”跟着他叫的，
是尤拉、舒拉和阿梅特。

“别吵别吵！”哇啦哇啦
是科利亚和奥利亚。

“别吵别吵，都别吵！”
伊戈里在窗口叫。

“别吵别吵，大家别吵！”
维加、米加大声咆哮。

“别吵别吵！”塔拉斯
向全班拉开大嗓子。

音乐教师头都被吵昏，
她实在是忍无可忍，
正想跑出教室门……
忽然来了那静神。

他严厉地对大家瞧，
对大家把道理讲：
“不要光是叫人别吵，
要紧的是自己把嘴闭好！”

昨天和今天

话说有盏旧煤油灯，
跟蜡烛头在交谈，
插着钢笔的墨水瓶，
还有桶子跟扁担。

1

煤油灯在墙犄角，
在柴堆后哭着叫：
“我的肚子饿，
冷得直哆嗦！
我的灯芯没有油，
玻璃罩上灰很厚。
你倒说说
为什么：
人人都不需要我？

从前可是并不这样，
天不黑就把我点亮。
窗外飞进小灯蛾，
转来转去扑灯火。

透过烟蒙蒙的灯罩，
我往灯外迷糊地瞧，
只见古老铜茶炉，
在我旁边咕噜噜。

可是今天我在饭厅，
看见一盏新来的灯。
据说这灯非常亮，
抵五十支蜡烛光。

这叫作灯！真是可笑：
灯罩底下一个泡泡！
泡泡里面看得真，
才头发丝三四根。

我说：‘您这古怪东西，
打从哪儿来到这里？
我倒很想看一下，
您是怎么个点法。
泡泡焊得又实又严，

主人点灯可怎么点？’

他这家伙回答道：
‘这个您可管不着！’

听了这话我还不叫？
‘我为什么管您不着？
我在这里有十年，
谁要亮就把我点，
我从来不黑烟直冒……
我为什么管您不着？’

我说：‘还不止这样，
我很容易就点亮。
像给蜡烛、炉子点火，
擦根火柴就点着我。
点我您看多方便，
点您可就没法点。
朋友，您是冒牌的灯！
您不是灯，是玻璃瓶！’

可他竟然对我说：
‘您是糊涂老家伙！
您的灯芯就算点亮，
也只会发微弱的光。
可我的光发出来，
亮得要叫您发呆，
因为我跟天上闪电，
可是一门子的亲眷！

若问我的名和姓，
我的名字叫电灯！

我一点都不用煤油。
发电站会给我电流。
我啊，您可要知道，
不是一个普通小泡泡！

只要您把开关一按，
一接通了两根电线，
我的光就发出来。
现在您可弄明白？’”

2

这时旁边那蜡烛头
小着胆子就开了口：
“您说泡里咋回事？
蜡烛点着五十支？
这是骗您，真不要脸，
蜡烛一支也没看见！”

3

空墨水瓶插着钢笔，
沙着嗓子咕叽咕叽：
“我这一个瓶子里，
墨水已经干到底。

我年纪大，又生了锈，
用处简直一点没有。
如今墨水瓶当中，
老是漂着几只虫。
我们主人要写东西，
现在换了一种怪‘笔’①。
这‘笔’大声嗒嗒响，

① 指打字机，当时是新事物。

听着像开机关枪。

什么逗号、句号、分号，
弯锤一敲，全都写好。

机器忽然会跑开，
一半跑到右边来……
这是怎么回事情，
可实在是闹不清！”

4

桶子扁担一开腔，
整个屋子嗡嗡响：

“现在再也没人打水。
咱扁担上积满了灰。
生活如今出奇闻，
水会自己送上门。

现在妇女全都变懒，
要不，就是肩膀不如从前！
小河它也发了疯，
一家一家把水送！

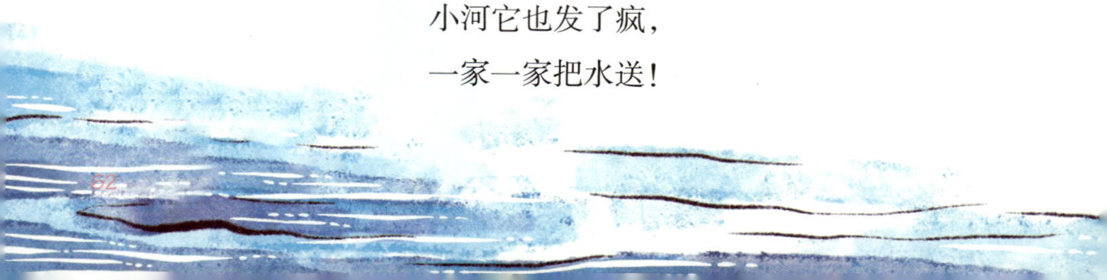

从前那些大婶、姑娘，
桶子弄得乒乒乓乓，
走过大街走小巷，
走到碧绿河岸上。

她们站在小河旁边，
深深鞠躬，说上一遍：
‘我们叫声河妈妈，
请让我们打水吧！’

可现在连两岁小孩，
只要伸出一只手来，
把水龙头转一下，
水就哗哗往下洒……”

如今的人没了脑筋，
于是扁担，就倒了运！

行李

阔太太她带的行李，
有皮箱，
有画像、躺椅，
有皮包、一盒帽跟藤篓，
还有只一点大的狗。

阔太太在车站共收到
四大张绿颜色的收条，
说收到她这些行李：
有皮箱，
有画像、躺椅，
有皮包、一盒帽跟藤篓，
还有只一点大的狗。

行李都搬到站台，
装到一辆车上来。

敞车上放的行李，
有皮箱，
有画像、躺椅，
有皮包、一盒帽跟藤篓，
还有只一点大的狗。

等火车呜呜地一叫，
这小狗马上就逃掉。

来到了下一个站上，
只看见空出个地方。
连忙去数一数行李，
有皮箱，
有画像、躺椅，
有皮包、一盒帽跟藤篓……
伙计呀！哪去啦，那小狗？

忽然间只看见那头，
有一只挺大的大狗。

马上去把这狗捉来，
在小狗原位上一摆，
跟皮箱，
跟画像，
跟躺椅，
一股脑儿全都放一起。

阔太太到下车的地点，
走过来十五号搬运员。
用小车推来了行李，
有皮箱，
有画像、躺椅，
有皮包、一盒帽跟藤篓，
另有人牵来了那大狗。

这大狗汪汪地一叫，
阔太太愤愤地直跳：
“坏东西！大强盗！死土匪！
我的狗可不是这种类！”

她扔掉那一个皮箱，
她用脚踩那幅画像、那皮包、那盒帽、那藤篓……
“快还我那一只小狗！”

“我请您别生气，好太太！
收条上都写得很明白，
收到您这样的行李：
有皮箱，
有画像、躺椅，
有皮包、一盒帽跟藤篓，
还有只一点大的狗。

一路上
经过了很久，
这小狗
自然变大狗！”

一个糊里糊涂的人

水池街有一个人
可真是糊涂得很。

早晨坐在床上面，
一个劲儿穿衬衫，
他把双手伸进袖子——
哎呀，原来是条裤子。

水池街这一个人，
可不是糊涂得很！

拿起大衣他就穿。
人家说：
“喂喂，不是那一件。”

他把鞋罩往脚上拉。
人家说：
“喂喂，您的在这儿呐！”

水池街这一个人，

可不是糊涂得很！

边走他边戴帽子，
戴的原来是锅子。

他把毡靴硬拉上脚，
拉的原来是只手套。

水池街这一个人，
可不是糊涂得很！

他有一回坐电车，
上火车站赶火车。
他把电车的门打开，
跟那司机说起话来：

“我叫一声可敬的
您开电车的司机！
哦，您开电车的司机，
叫我一声那可敬的！

不管怎么怎么说，
我一定得下电车。

你能不能把火车站，
给我停在电车旁边？”

司机听得直发呆，
就把电车停下来。

水池街这一个人，
可不是糊涂得很！

他一直往餐室跑，
到那里去买车票。
接着跑着去卖票柜，
到那里去买瓶汽水。

水池街这一个人，
可不是糊涂得很！

他跑到了站台上，
走进没挂的车厢，
把所有的包裹皮箱，
都往椅子底下一放，
坐在窗口墙犄角，
舒舒服服睡大觉……

他第二天一早就喊：
“现在到了哪个小站？”
外面站台应了声：
“这是列宁格勒[①]城。”

他又闷头睡了一觉，
睁开眼睛往外瞧瞧，
看见是个大车站，
十分奇怪就叫喊：

“请问现在又到哪啦？
波洛高亚？波波夫卡？”
外面站台应了声：
“这是列宁格勒城。”

他又闷头睡了一觉，
睁开眼睛往外瞧瞧，
看见是个大车站，
伸伸懒腰就叫喊：

“请问现在又是哪里？

① 现为圣彼得堡。

扬斯卡雅？是季布尼？”
外面站台应了声：
“这是列宁格勒城。”

“开玩笑嘛！”他叫嚷说，
“一天一夜，害我白坐。
车子怎么往回开，
回到列宁格勒来！”

水池街这一个人，
可不是糊涂得很！

半路上发生的事

公路上面
灰尘滚滚，
一辆卡车
向前飞奔。

车上坐着弟兄俩，
小谢辽查和彼加。
旁边坐着奶奶、妈妈，
看好行李，不让掉下。

大家盯着远处瞧，
林子黑黑一片。
他们出城到市郊，
上别墅过夏天。

上别墅，上别墅，
公路灰尘滚滚，
顺着灼热的公路，
卡车向前飞奔。

* * *

别看奶奶正在打盹，
她随时会大声叫：
“彼加，唱机不要瞎弄！
谢辽查，别碰猫！”

大篮子里有个坐垫，
猫蜷伏在坐垫上，
它担心地拼命偷看，
看谢辽查拿的棒。

这只毛蓬蓬的红猫，
不是什么名品种，
上一回把老鼠逮到，
是三年前的事情。

这一根棒叫它害怕，
就从篮里爬出来，

跳上桌子，摇摇尾巴，
呼——
一下跳到汽车外！

猫竟想要当运动员，
这事有谁能想到……
谢辽查先看见就喊：
“跳下去了……那只猫！”

“司机司机……”奶奶大叫。
司机绕过个水潭，
轻轻地把发动机关掉，
忙往车子外面看。

车子一停，奶奶、妈妈，
还有谢辽查和彼加，
后面跟着那位司机，
为了找猫，马上就出发。

* * *

“请问，见过一只猫吗？”
谢辽查问过路人。
“坐车上莫斯科去啦！”
有人回答很认真。

小学生们在踢足球，
一个调皮地眨眼，
说猫拐弯向左边走，
另一个说朝右边。

小谢辽查爬过栅栏，
钻到郊区花园里，
他抬头向松树上看，
看见了——
什么东西？

一只红猫蹲在枝头，
听些小鸟叽叽叽，
它只巴望有只鸟儿，
落到它的爪子里。

“喵喵！”谢辽查忙叫它。
可猫不想到树下，
反而高高爬上树丫，
吓得小鸟叽叽喳……

* * *

那边彼加在嘀咕道：
“刚才只是丢了猫……
可是如今更加糟糕：
连谢辽查也丢掉。
我这就去找找他看！”

说完这话就去找。
走啊走啊，
忽然看见
毛蓬蓬的一只猫。

彼加连忙上去追赶，
可是已经晚了点：
猫往一个小窗里钻，
钻到一间屋里面。

彼加这时在台阶旁，
累得坐在树墩上，
他下决心，不管怎样，
等猫出来绝不放。

＊ ＊ ＊

妈妈直对司机叹气：
“唉，谢辽查失了踪，
现在彼加去找兄弟，
可连他也没了影！”

司机于是动身去找，
走进一座院子门，
在院子里忽然碰到
一位认识的老人。

老人在院子里割草，
咳嗽咳得浑身直哆嗦。
“这是不是你的小猫？”
他轻轻问司机说。

瞧啊，一只小猫毛蓬蓬的，

在土墩上像在等着，
一本正经舔着爪。

“不错，我的！”司机大嚷，
马上跑到那土墩上，
一把抱起那只猫。

* * *

司机沿着公路在跑，
小谢辽查也在跑。
这个腋下夹一只猫，
那个也夹一只猫。

这时彼加跑出院子，
一直向着卡车跑。
他抱着猫——
是第三只。
妈妈也抱来了一只猫。

连白头发的老奶奶，
也抱着猫往回跑：
毛儿蓬松，实在可爱，

可惜不是原来那只猫……

原来那猫在车上，
正在篮子里面躺。

它一家家院子里溜，
早饭吃了只青蛙，
是它自己赶紧回头，
到软垫子上躺下。

公路上面
灰尘滚滚，
一辆卡车
向前飞奔。

动物园里的娃娃们

小老虎

喂喂，走得太近不好：
我是老虎，不是小猫！

小象

送两只鞋给小象，
象叼起来望了望，
说是太小，它穿不上，
一双不够，得给两双！

小长颈鹿

我们人的个子不大，
很容易就采到鲜花，
可它长得这么高，
要采花就苦恼啦！

小骆驼

小骆驼啊真苦恼，

大家不让它吃饱。
今天打从大清早起，
只吃这么两桶东西！

小鸵鸟

我是一只小小鸵鸟，
又是神气又骄傲。
我一给人气得火冒，
就跺生茧的硬脚。

我一害怕，撒腿就逃，
伸长我的长脖颈。
你要我飞，我办不到，
要我唱歌也不行。

小斑马

这种一道一道的马，
非洲才是它的老家。
什么游戏最最配它？
青草丛中捉迷藏！

请大家看这一种马，

打从头顶直到脚下，
满身道子，一划一划：
跟练习本一个样。

小白熊

在我们的大池当中，
咱哥儿俩双双游泳。
池里的水又清又凉，
每天都要游上一趟。
从这边到那边墙头，
我们侧游，俯游，仰游。
请往右边一点，老兄，
不要用脚把我来碰！

小猫头鹰

请看两只小猫头鹰，
坐在那里一双一对。
当不睡时
它们就吃，
当不吃时
它们就睡。

小企鹅

我的样子多可爱，
活像一个大口袋。
往年我在海洋上面，
曾经呼呼追过轮船。
如今进了动物园，
我在池里游着玩。

小天鹅

这个小鬼咋回事，
洒得到处水花？
它刚走出游泳池，
快把毛巾给它！

小因纽特犬

栏杆上面挂个牌：
“大家请别走过来！”
这话大家别信：
我实在很可亲。
干吗关我在笼中，
孩子，连我也不懂。

从1到10

先来介绍一下

1这个字瘦又长，
好像一根火柴棒。

2这个字真好玩，
请大家来看一看：

长长脖子弯又弯，
拖根尾巴在后边。

1、2后面就是3，
3的样子是这般：

两个钩子在一块，
一上一下连起来。

3的后面就是4，
4像举手在行礼。

跟着 1、2 和 3、4，
蹦出来的是 5 字；

5 字的腿卷起来，
手往右边直伸开。

6 像门上一把锁，
上面锁环老开着。

7 像一根拨火棒，
独腿站在地面上。

8 字像个连环扣，
兜来兜去没有头。

8 字后面就是 9，
9 像杂技团小丑：

骨碌翻个大跟头，
这个 9 就变成 6。

画上一个圆圈形，
咱们把它叫作 0。

啥也没有就是 0，
说它废物可不行！

要是你在它左面，
加个 1 字在旁边，

就成一个大数字，
这个数字就是 10。

你挨个把数目字，
写进你的小本子，
我给每个数目字，
编出一个小故事。

10 个小故事

1

在算术书里面
住着 1 和 1。
他们老是打架，
这 1 打那 1。

最后你画掉我，

我也画掉你。
于是全都完蛋，
不剩一个 1。

要是他们两个
好好做一对，
那么他们两个
能活千百岁！

2

两只手是姐妹俩，
房子一起建造，
野草她们一起拔，
和面也一起搞。

光一只手，
手也没法洗，
洗手得用双手。
用上双手来划水，
在海里也能游。

3

红绿灯上颜色有三种，

司机见了没有人不懂：

红灯开——
要停止；
黄灯开——
准备好；
绿灯开——
赶快跑！

4

一间屋子，四个屋角，
一张桌子，四只脚，
不管耗子，也不管猫，
腿儿全都有四条。

汽车装着四个轱辘，
飞也似的向前冲，
得两个钟头走完的路，
它走只要几分钟。

5

一只手上五个兄弟，
在家时候都不穿衣，

等到他们要外出，
得把大衣穿起来。

6

六只猫咪，
想吃东西。
给粥它们吃，
不用给羹匙。
猫吃东西方便，
伸出舌头就舔。

7

一个星期七夜七日，
一个书包七样东西：
吸墨水的吸水纸，
练习本子和钢笔，
还有笔盒、铅笔、
擦字用的橡皮，
再有一本书——
你的好伴侣。

8

桌上八个木头娃娃，

红通通的脸颊，
穿花衣服，圆脑袋瓜，
这是套人娃娃。

娃娃老大大又胖，
可是肚里空荡荡。
要是把她拦腰旋开，
让她一变作俩，
从她肚里又走出来
另外一个娃娃。

把这老二再旋开，
老三跟着走出来。

把这老三再旋一旋，
旋开她的肚子，
从这老三肚子里面
马上出来老四。

谁在老四里面住？
是大肚子的老五。
在老五的肚里头，
待着一个小老六。

在老六的肚子里，
待着一个小老七。
把老七也旋开，
里面待的是老八。

这个老八小得很，
榛子比她大几分。

套人娃娃站成行，
这支队伍可真长。
“到底几个？”你会问道。
“八个八个，不多不少！”

9

到了九点差十分，
到了九点差十分，
唔，到了九点差十分，
学生就该走出门。
学校九点就打铃，
丁零丁零丁零零。

到了九点差十分，
该上床了，孩子们！

要是你再不上床，
上下眼皮就粘上。

0

0 嘛就是一点没有啥，
他的故事我来讲一下。

这圆圆的快活的 0，
跟他旁边的 1 讲：
“我的老兄，你可答应，
让我站在你身旁？”

这一个 1 可真神气，
把 0 狠狠瞪一眼：
“你这个 0 啥也不值，
不许在我身边站！”

0 说：“这话我没意见：
我是什么也不值，
可我站在你的身边，
你就可以变成十。

瞧你现在多么孤单，

瘦得像条油炸鬼。
我要站在你的右面，
你就马上大十倍！
啥也没有是叫零，
说我废物可不行！

只要你们大家愿意，
我能把二变二十，
当然也能把三和四，
变成三十跟四十。

要是两个 0 在一块，
那无论谁都明白：
我们能把一变一百，
把二变成整两百！”

猫和懒虫

一群懒虫说是要
上学堂，
学堂不去却来到
溜冰场。

他们背上背着个
大书包，
胳肢窝里夹住了
大冰刀。

几个懒虫猛看见
大门口，
有一只猫绷着脸
往外走。

几个懒虫很奇怪，
就问它：
“你把脸板起来，
为的啥？”

这只花猫喵喵叫，
嘟着嘴：
“我这猫也不算小，
快要一岁了。

我也长得挺漂亮，
挺聪明，
可惜文化这一样，
却不行！

大家知道我们猫，
没学校，
哪个肯把我们猫，
教一教？

没有文化在今天
可不行，
没有文化就很难
做事情。

没有文化哪来吃，
哪来喝？
门牌上的数目字，

不认得！”

几个懒虫忙安慰：
“算了吧！
我们都快十二岁，
比你大。

我们可是有人教，
才倒霉，
时间白白浪费掉：
没教会！

我们有书懒得念，
没有劲，
我们情愿一整天
去溜冰。

把字写在石板上，
远不如：
用冰刀在溜冰场
写字母！”

花猫听了喵喵叫，

嘟着嘴：
“我这猫也不算小，
快要一岁了。
我见过的小懒虫
也很多，
像你们的这一种：
没见过！”

一个小学生和六个一分

有一个学生回到家里，
连忙把本子藏进抽屉。

妈妈忽然问："本子呢？"
没法子，只好拿给她。

本子上面写着"不好"，
不由得妈妈一声"唉哟"！

爸爸听说儿子这么懒，
大叫一声："你来说说看，
得这一分是什么道理？"
他说："都为了'鸟'这东西。
我的自然不大行，
以为'吉贝'① 是鸟名。"

妈妈气呼呼地说：
"给你一分实在还多！"

---

① 吉贝是一种树。

那孩子轻轻回答道：
“再没有分数比这少！”

接下来姐姐生气地问：
“又怎么得到第二个一分？”

“我老实告诉你这缘故，
全都是因为一只袋鼠。
我脑子一下开了小差，
说袋鼠在田垄上生长出来！”

爸爸叫一声：“蠢东西，
第三个一分怎么来的?!”

“老师问算术里什么叫‘弦’，
我回答他说‘舷’就是船边。”

“嗯，那第四个一分呢？”
小家伙回答：“是这样的：

我跟我的同学巴洪，
指着斑马说是小虫。”

妈妈翻开破本子：
“第五个又是怎么一回事？”

“老师他出了一个题目，
我做了一个钟头工夫，
答案是二又三分之二个掘土工人，
于是就得了个一分。”

爸爸真是气得要命：
“那第六个又为什么事情？”

“老师他出了个问题：
卡宁鼻[①]位置在哪里？

我也不知道这是什么，
就往鼻子上指一下……”

“你是个十足的坏学生，”
妈妈叹气说道，
“拿走这可怕的练习本，
马上给我去睡觉！”

① 卡宁鼻的“鼻”是直译的，卡宁鼻即卡宁半岛。

* * *

懒家伙一步又一步，
低头不敢作声。
上床一会儿就打呼噜，
还做了一个梦。

六月天气热乎乎，
斑马满天飞，花上嗡嗡响。
地里长出活袋鼠，
尾巴是树干，身子直摇晃。

在潮湿的热带林子，
在卡宁鼻上，
吉贝捉蛇和蛤蟆吃，
鼓着大翅膀。

在野兽走的小道间，
在密草堆里面……
躺着个掘土工人真可怜，
头、脚都不见。

看见他惨到这步田地，

谁能不流泪？

“把他三分之一身体，
砍掉的是谁？”

河马从水里探出头，
生气地大叫：
“一定要捉住这凶手，
哪儿也逃不了！”

“我来把他杀死！”
袋鼠追上去。
“他逃不出我的爪子！”
吉贝加一句。

* * *

第二天早晨六点钟，
他连忙跳下床。
练习本还在椅子上，
跟昨晚一样……

标点符号

标点符号
一位又一位，
聚到最后
一行来，
他们一起来找
最后一个句号。

一个怪物
先跑到，
原来这是惊叹号。
他老不肯静悄悄，
总是震耳大声叫：
“打倒！
小偷！
强盗！”

又来一个，
走得一肚子的气，
这是问号鹰钩鼻。
他满肚子问题：

“谁呀？
什么？
哪里？”

接着来了一大队——
逗号一家众姐妹。
她们住在文章里
一逗一逗的地方。

来了分号跳哇蹦，
省略号他把车蹬，
还有别人，别人……
等等，等等，等等……

逗号首先大声嚷：
“我们逗号特别忙。
无论故事论文，
不能没有我们。”

“你可不能跟我比，
你的脑袋在哪里？”
那一行的分号
这样回答她道。

冒号听了眼一眨，
大叫一声："没这话！
我比逗号、分号，
全都更加重要：

我跟独眼句号比，
眼睛可要多一倍，
我圆瞪着两眼，
管着前面后边。"

省略号说："不不不……"
他的几只眼睛同时鼓。
"我得说句老实话，
我可胜过他，他，他……
到没词的地方，
就得把我安上……"

问号听了很奇怪，
问道："这是为啥？"

惊叹号他被气坏，
大叫：“这是为啥！”

独眼句号最后说：
“故事要是没有我，
它就结束不了，
可见我最重要。”

肥皂泡

你把一些肥皂水，
往玻璃杯里倒，
从肥皂的泡沫里，
能够吹出泡泡。

我用一根小麦管
吸起一点儿水，
然后对着小麦管
轻轻儿地一吹。

一个小泡钻出来，
泡膜挺薄挺光，
它一点点大起来，
接着飘到天上。

它的色彩真绚烂，
像孔雀屏一样：
有红有紫又有蓝，
而且有绿有黄……

它比玻璃还透明，
轻得像没分量。
看着像有许多镜子，
在它里面闪光。

在这肥皂泡泡里，
像大海泛蓝光；
在这肥皂泡泡里，
像火焰在闪亮。

肥皂泡它一晃晃，
在空气里轻飘。
它活在这世界上，
一分钟也不到。

这个五彩肥皂泡，
扑地一炸就完，
不知不觉消失掉，
痕迹不留一点……

它自以为了不起，
样子神气万分，
它吹牛说它自己

从海沫中诞生。

它曾那么闪闪耀，
它曾那么威风，
其实不过是肥皂，
掺上了水吹成。

我对于它不可惜……
我要老实地讲：
这首关于它的诗，
比它一生还长！

破坏大王

我还学习？真胡说！
我当老师都行。
我干木匠这个活，
真是天下闻名！

我不要做小零碎，
谁有这个功夫？
要做做个大碗柜！
这还马马虎虎。

我的碗柜做出来，
保您百年不会坏。
我这就把云杉，
砍成新的搁板。

我让碗柜最上层，
给您放放茶具。
中间一层宽得很，
把大盘搁上去。

大小瓶子您可以
放在下面一层。
当中还有个抽屉，
放放刀叉匙羹。

我家工具很齐全，
跟工厂差不离：
锯子、斧子、平嘴钳，
还有俩钻孔机，
有长刨子、短刨子，
有大锤子、小凿子。

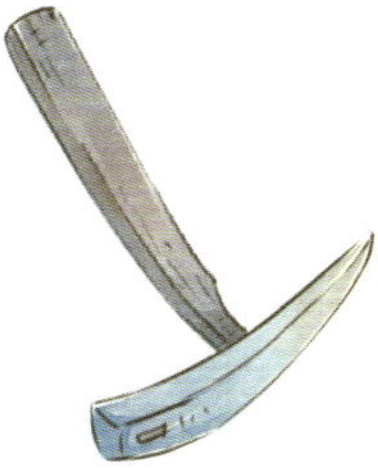

而且我还有木板。
我拍胸口保证，
绝对不用到明天，
碗柜一定做成。

锯子
叽咕叽咕响，
好像
蜜蜂飞一样。

锯子锯到半当中，

抖了一下，不动，
像被钳子夹得紧，
一点不肯放松。

我把锯子向前推，
这个坏蛋不走。
我要拉它往后退，
锯齿咬紧木头……

碗柜眼看做不成，
做张凳子也好。
又光又滑的小凳，
保证不晃不摇。

我这有名的木匠，
拿起斧子就干。
我干木匠这一行，
还有谁不称赞！

一，二，
我砍下来。
三，四，

我碰膝盖。①

我砍下来，
我碰膝盖，
咔嚓，
墙都差点劈开！

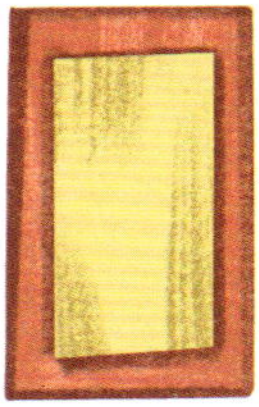

斧子的柄一分两，
我的脑门受了伤。

没有凳子算得什么，
做个镜框不好得多？

爷爷有张大相片——
奶奶的妈妈的像。
可是我们家里面，
没个合适镜框。

我拿几颗小钉子，
又拿四块木板，

① 砍木头的习惯：斧子在木头上砍两下，拿斧子的双手手腕在膝盖上碰两下。

我又走到厨房里，
胶水找来一罐。

我要做出镜框来，
漆得金光闪闪。
我家大人和小孩
保险都要称赞。

只是胶水太糟糕，
已经受热都干掉。
不过也不碍事。
木板我用钉子钉，
其实这样越发行，
反而更加结实。

我一锤子敲下去，
钉子弯得像虫。
我换一颗敲下去，
钉子弯得像弓。
再换一颗敲下去，
钉子一个鞠躬。

我的钉子真气人，

总是一敲就弯。
所以一直到如今，
镜框还没做完……

我这个人很乐观。
我把木板拿住，
全给劈成小木片，
冬天好生火炉。

薄木片，毛刺刺，
引火实在便当，
它在我家火炉里，
将要毕剥地响。

我的木片烧得旺！
可是孩子他们嚷：
“生吧，
木匠师傅，
生吧，
生起火炉。
你是什么木匠？
你是破坏大王！”

植树节

你植树，我植树，
这是种啥？
种桅杆——
让船帆
在上面挂；
种甲板，
种龙骨，
还种肋材——
让船只
遇大风
也能航海。

你植树，我植树，
这是种啥？
种机翼——
让飞机
飞遍天下；
种桌子——
让人们
写写画画；

种本子，
种笔杆，
还种笔匣。

你植树，我植树，
这是种啥？
种密林——
那里面
狐狸溜达；
种密林——
那里面
藏着松鼠；
种密林——
那里面
鸟儿啄树。

你植树，我植树，
这是种啥？
种树叶——
那上面
露水停下；
种树荫，
种树凉，

还种水汽。
咱今天就是种
这些东西。

桌子打哪儿来

你们天天坐在桌旁，
把书本子打开，
你们能不能给讲讲：
桌子打哪儿来？

它跟松树一个味儿，
这事并不奇怪。
这松木桌到咱这儿，
是从密林中来。

密林子是它的家乡，
它原就是松树。
透明松脂在它身上，
曾经淌个不住。

现在它的脚下铺着地板，
在那边呢，却是泥土。
它在林中树枝晃晃，
过了不少年数。

当时它的树干上面，
披着鱼鳞树皮。
树根旁边，獾在冬眠，
睡在一个洞里。

这桌子在密林深处，
曾经见过松鼠。
松鼠们把树皮抓住，
呼呼呼地爬树。

它也曾把树枝轻摇，
摇过乌鸦娃娃。
早上醒来真热闹哇：
满树乌鸦叫着。

后来来了一把利锯，
使劲锯呀锯它。
越锯越深，一声长吁，
它就倒在地下……

它来到了锯木工厂，
变成板条一堆。
它又来到木器工厂，

变成这“四条腿”。

桌子由工人们制成，
宽大、光滑、结实。
有些地方像是眼睛，
那儿曾长树枝。

从此它就搬进屋子，
靠着墙边居住。
现在连獾也不认识，
它就是那松树。

万一桌子回到林中，
迈着四条粗腿，
保险熊要吓得钻洞，
狐狸魄散魂飞！

可它不会再回那边，
它要在这里住，
一天一天，一年一年，
要为我们服务。

桌上竖着放墨水瓶，

横着放练习簿。
坐在桌旁，
白天可以做做事情，
晚上可以念书。

我在桌上总有一天
要把图纸摊开，
让人按照我的图样，
把飞机给制造出来。

猫为什么叫作猫

早年间有一对年老夫妻，
养了只黑耳朵小小猫咪，
它耳朵漆般黑，
脸上雪白，
它肚子雪般白，
腰间漆黑。

这一对老夫妻想了一下：
“这一只黑耳朵日长夜大，
咱们俩给它喝又给它吃，
可就是没给它起个名字。

咱们俩是不是
就叫它‘云’？
希望它大起来，
气力超群。
希望它比树高，
比房子大，
咕噜噜叫一声就像雷打！”

老太婆想了想，说道："不妥，
因为云比鹅毛还轻得多。
一点风就把它吹得乱飞，
吹得它灰灰的一堆一堆。
你瞧风吹起来
有多么凶，
咱们俩是不是
就叫它'风'？"

老头儿回答说：
"我看不好，
风顶多只能够把树摇摇。
碰到墙它可就无法可想，
咱们俩是不是
就叫它'墙'？"

老太婆回答说："不行不行，
你太老，所以你耳朵不灵！
你跟我一块儿仔细听听：
在墙外小老鼠咬个不停！
小老鼠能咬倒百年大树，
咱们俩是不是叫它'老鼠'？"

老头儿回答说：
“不好不好，
猫能够把老鼠连皮吃掉。
这么说小猫咪
比老鼠强！
就把猫叫作‘猫’，你说怎样？……”

老婆儿啊，关门

从前有对老年夫妇，
正好碰到过节，
节日前夕又烧又煮，
很晚还没安歇。

这时打从大门外面，
刮来秋风阵阵。
老头就叫他的老伴：
“老婆儿啊，关门！”
“难道除了关门以外，
我就没事好干？
我要让门这样打开，
一百年也不关！”

两老夫妻争个没完，
简直闹翻了天。
最后老头给他老伴
提出一个条件：

“咱俩现在这么办吧：

大家不许作声。
谁第一个开口说话，
就由他去关门！”
过了一个一个钟头，
两人都不说话。
炉火已经灭了很久，
只有钟声嘀嗒。

直到十二点钟敲响，
门还没有人关。
俩陌生人往屋里闯，
屋里漆黑一团。

那两个人进来就问：
“屋子里面有谁？”
两老夫妻不吭一声，
嘴里像含着水。

有一个人从炉子里
拿过饼来就吃，
吃鸡吃肝……可老婆儿
还是一声不吱。

他们抽老头的烟草，
连声说道不差。
他们啤酒喝了个饱，
两老一言不发。

来人拿了不少东西，
转身走出门口，
在院子里说了一句：
“饼还半生不熟！”

老婆儿忙大叫：“不会，
饼绝不会夹生！”
老头儿可乐歪了嘴：
“老婆儿啊，关门！”

国王和大兵

国王跟个大兵争论，
到底谁更重要。
国王建议找上个人，
问一问就知道。

等到傍晚落了太阳，
他们走出夏宫，
大兵搀着他的国王，
走到大道当中。

正好有个牧猪的人，
这时走过大道。
“请你老兄瞧瞧我们，
哪个更加重要？”

“那有什么，”牧猪人说，
“这事简单明了；
谁离开谁不能生活，
他就更加重要！

你没国王能生活吗？”

大兵回答：“那成！”

“你没大兵能生活吗？”

国王回答：“不行！”

不对头

事情到了傻瓜手，
十有八九不对头。
开头开得颠又倒，
结尾结得乱糟糟。

盖房他要先铺瓦，
墙上影子用布擦，
舀水他用筛子舀，
阳光他用帽子捞。

有门又怕小偷开，
干脆拆下背起来，
拉牛拉得气呼呼，
想要把它拉上屋，
只有屋顶有点草，
他想让牛上去嚼。

* * *

事情到了傻瓜手，

十有八九不对头。
应该笑时他哭号，
应该哭时他大笑。

碰到人家娶媳妇，
本该唱歌和跳舞，
可他哭得泪汪汪，
挽歌唱得震耳响。

人家马上抓住他，
在他腰间捅几下，
他被狠狠揍一顿，
好容易才脱了身。
傻瓜心想：“真糟糕！
钉子碰得可不小。

好心同情那新娘，
这才陪她哭一场。
下面要是再碰到，
那我一定把舞跳！”

* * *

有一回在大路上，
他碰到了大出丧。
一行人在路上走，
满面愁容低着头。

傻瓜一见就来劲：
“让我安慰这些人，
我叫他们哈哈笑，
跟在灵车后面跑！”

傻瓜把脚蹬一下，
两只手掌噼里啪！
这只脚擦那只脚，
眼看就要把舞跳。

人家马上抓住他，
在他腰间捅几下，
他被狠狠揍一顿，

好容易才脱了身。
傻瓜心想："真糟糕！
钉子碰得可不小。

从此我再不跳舞，
从此我也再不哭，
明天保管看见我，
认不出来是哪个！"

* * *

真的，
他就打从这分钟，
脸上总是气冲冲。
三句话他不离口，
总说人家不对头。

不笑不哭舞不跳，
什么他都手摇摇。
旁人哪能看出他
是个头号大傻瓜。

孩子写字请他瞧，

问他写得好不好，
傻瓜一看就摇手，
一个劲说：“不对头！”

裁缝缝出新衣服，
香软面包刚出炉，
傻瓜老远瞅了瞅，
马上就说：“不对头！”

钓鱼他说不对头，
菜汤他说不对头，
孩子长得不对头，
桥也搭得不对头！

样样他都这样说，
大家渐渐听得多，
不禁就有这想法：
“多‘聪明’啊，这傻瓜！”

橡实之歌

它在金色橡树上，
藏在叶丛里头。
它把帽子给戴上，
像要出门远走。

可它离开橡树枝，
离开这个摇篮，
却到地下过日子，
过上许许多多天。

它在漆黑地底下，
在寒冷中冬眠。
到时它又往外爬，
把头伸出地面。

橡实像个小橄榄，
一身青铜皮肤。
什么藏在它里面？
来年一棵橡树。

松鼠牙齿尖又尖，
要是不去咬它，
它能够活几百年，
长得茁壮粗大。

要是肥猪刨地皮，
不去把它吃掉，
它能够在树林里
成为一个首脑。

愿它一年比一年高，
一直长上天空；
让它张开大树帽，
像个多层屋顶。

它深褐色像狗熊，
腰圆得要三人抱，
锯齿形的树叶丛
将要整天喧闹。

英国儿歌

小船儿漂漂

小船儿漂漂，
把礼物送到。
十四只耗子当选手，
满船吱吱乱叫。
挂片花瓣当船帆，
蜘蛛丝的绳子一道道。
老练的鸭子把船舵：
“嘎嘎，到了，快抛锚！”
风啊，风啊，风啊，
你吹吧，
好让磨坊磨面粉，
好让阿姨做点心，
好让我们吃一顿！

绵羊

“绵羊绵羊我问你，
今年羊毛长多少？”
“多不长，少不长，

今年我长三袋毛：
一袋送给你们爹，
一袋送给你们娘，
一袋送给你们小宝宝，
毛衣一人做一套。”

三个圣人

三个圣人坐个洗脸盆，
大风浪中漂在海上面，
这洗脸盆要再牢一点，
我这故事也就长一点。

大蛋糕

一个大蛋糕，
镶进多少鸟？
青鸟七十只，
喜鹊四十七。
里面待不住，
全部都飞出：
“大家请吃喝，
我们来唱歌。”
不会有这种事，

不胡说，不乱道。
昨天五点半，
我在街上跑，
看见两只大肥猪，
不穿鞋子不戴帽。
不胡说，不乱道！

小手套

两只小小猫，
丢了小手套，
哭着回家来：
“妈妈妈妈，不好了，
我们找不到，
我们找不到
两副小手套！”

“丢了小手套，
真是坏小猫！
甜饼别想再吃到。
甜饼啊，喵喵，
甜饼啊，喵喵，
别想再吃到！”

两只小小猫，
出去找手套，
笑着回家来：
“妈妈妈妈，别气恼，
我们找到了，
我们找到了
两副小手套。”

“找到小手套，
真是乖小猫！
甜饼快来吃个饱。
甜饼啊，喵喵，
甜饼啊，喵喵，
快来吃个饱！”

小马丽

小马丽，真苦恼，
右脚鞋子不见了。
泪汪汪，独脚跳，
丢掉鞋子没法跑！

小马丽，别苦恼，

给你鞋子就是了。
买一双，缝一双，
就是不能再丢掉。

要是

要是千个湖万个湖
流成一个湖，
要是千棵树万棵树
长成一棵树，
要是千把斧万把斧
铸成一把斧，
要是千个人万个人
变成一个大人物，
要是这个大人物
拿起这把斧，
这斧砍倒这棵树，
这树掉进这个湖——
砍树的声音要惊天，
树掉进水里的声音要动地。

两只小猫

两只小猫老争吵，

吵得主人受不了，
不管谁对谁不对，
拿起扫帚全赶跑。

冬天夜里大雪飘，
冷得小猫咪咪叫，
缩成一团在门口，
浑身哆嗦真不妙。
主人想想舍不得，
开门问声：“以后吵不吵？”

两只小猫悄悄进屋子，
身上湿雪都抖掉，
火炉前面呼呼睡，
管他窗外风怒号。

星期天散步

三只耗子穿绒袄，
三只鸭子戴草帽，
三只雌猫披头纱，
三只小狗没有穿外套，
路上碰到两只猪，

身上披着绸长袍。

忽然天上打响雷，
大伙马上拔腿逃，
只有鸭子喜欢雨，
不怕衣服给弄糟，
不过还是老习惯，
头上戴顶游泳帽。

老太婆

有个老太婆，
卖牛奶过活。
城里回家来，
大树旁走过。
累得了不得，
睡一觉再说。
一只狗走来，
把裙子咬破。
天气渐渐冷，
冷醒老太婆。
她醒来找床，
找蜡烛、拖鞋跟被窝。

一摸破裙子，
就叫："哎哟哟！
我的老天爷，
这可不是我！"
一路走回家，
心里净想着：
"我如果是我，
小狗一声也不叫。
我要不是我，
小狗嗓门都嚷破。"
她一叩窗子，
小狗叫得扎耳朵。
吓得老太婆，
浑身都哆嗦，
轻轻说了声：
"我真不是我！"

三个勇敢的猎人

三个勇敢的猎人，
走进一个大树林。
一个圆圆的月亮，
在天空中放光明。

“瞧哇，这是个月亮。”
一个猎人指了指头顶。
一个猎人说：“是盘子！”
一个猎人说：“是张饼！”

三个勇敢的猎人，
从早晨走到黄昏。
树林子里有只鹿，
恰巧碰到了他们。
“瞧啊，这是一只鹿！”
一个猎人叫一声。
一个猎人说：“是头牛！”
一个猎人说：“是树墩！”

三个勇敢的猎人，
树下吃得正舒服。
忽然一条大尾巴，
在树枝间露了露。
“开枪，这是只松鼠。”
一个猎人指了指那树。
一个猎人说：“是只狗！”
一个猎人说：“是老鼠！”

预兆

三月里风吹，
四月里雨打，
五月里等着吧，
要开紫罗兰和草玉铃花。

蜡烛

有个瘦姑娘，
穿件白衣裳，
红鼻子尖尖的，
一夜泪汪汪，
哭到大天亮，
身子也哭短了。

小猪

一群小猪真欢喜，
嘻嘻哈哈做游戏。
妈妈乐得直叫："儿儿儿！"
小猪他们叫着："衣衣衣！"
有只小猪尖嗓门，
叫声："我的好兄弟，

大猪都叫‘儿儿儿’，
我们干吗要叫‘衣衣衣’？
我们哪点不及人？
我来叫声你们听仔细！”
可怜的小猪要叫“儿儿儿”，
叫出来是“衣衣衣”。
从此小猪都不玩，愁眉苦脸老生气，
只为他们想叫“儿儿儿”，
叫出来是“衣衣衣”。
小朋友，这支小歌送给你。
你做事情要量力，
叫不出来“儿儿儿”，
干脆就叫“衣衣衣”！

捷克儿歌

圆圈舞

小山羊爱头顶头，
因为头上长着两只角。
小姑娘爱蹦蹦跳，
因为身子底下长着两只脚。

抓住小山羊的角，
拉到草地上吃草。
拉住小姑娘的手，
围个圆圈跳哇跳。

一只笨甲虫

我是小甲虫，
上树去砍柴，
一斧砍下去，
马上跑起来，
跑到医生家，
大叫哎呀哎。
出来老医生，

问我干吗来。
“我是小甲虫，
上树去砍柴，
树枝真正坏，
不到斧子下面来。
我自己倒挨了一斧子，
啪——
一个爪子两分开。”

帮帮忙啊

小蚂蚁把大树背回家。
喂，朋友朋友，快去帮帮它。
你们再不去帮它，
它的性命就没啦！

懒兔子

小兔子，蹦着走，
口袋里面什么也没有。
小姑娘叫它慢点跑，
请它吃个大面包，
给它一个小铜子，
请它代买东西吃。

它却买来一包烟，
呼噜呼噜抽半天。

好一个懒家伙！

小青蛙

小青蛙，路上蹦。
两条腿，冷冰冰。
应该给它裤子穿：
给它一条绿裤子，
上面一个一个大黑点。

牛和猫

谢谢你，牛太太，
给我一点鲜牛奶。
我家小猫等着吃，
请给它们一羹匙。
人人都知道，
吃了牛奶身体好。

大家欢欢喜喜

狼唱歌，羊唱歌，
狗熊吹笛嘟嘟嘟。
绵羊在家煮麦酒，
猫在厨房捉老鼠。

兔子蹦蹦跳

小兔子，
一蹦一蹦往前奔。
小兔子，
一跳一跳往前跑。
叫你没法跟，
叫你捉不到！

小牛和小羊

老太婆有只小小牛，
不跟大伙往外跑，
老太婆拿草给它嚼。
老太婆有只小小羊，
不跟大伙往外跑，
老太婆请它吃葡萄。

小老鼠

小老鼠，厨房跑，
看见干酪大口咬，
吱吱吱，咬咬咬，
看见猫来，
马上逃！

面包干

小兔背着一袋面包干，
一蹦一跳跑下山。
小小兔，停一停，
给我一块行不行？
兔子一听逃下山，
丢下一袋面包干。

母鸡

小母鸡，好母鸡，
请你喝水又吃麦。
好母鸡，小母鸡，
请你生个蛋下来！

燕子

小燕子，叉尾巴，
一早起来吱吱喳：
“费利费利，我的家
就在窗子上的屋檐下。”